LES

CARACTÈRES

CHANSONS

PAR LES MEMBRES DU CAVEAU.

PARIS

Chez GARNIER Frères, Libraires au Palais-National.

1851.

LES

CARACTÈRES

CHANSONS

PAR LES MEMBRES DU CAVEAU.

PARIS

Chez GARNIER Frères, Libraires au Palais-National.

1851.

Dans un Banquet des Membres du *Caveau*, qui a eu lieu le 20 juillet 1851, à Saint-Denis, chez M. Gisquet, l'un des membres de la Société, on a chanté une série de mots donnés tirés au sort : *Les Caractères.*

Cette série a été suivie de plusieurs Impromptus nés de la circonstance, et d'une Chanson des ouvriers de la fabrique de l'aimable confrère qui avait offert sa gracieuse hospitalité aux Membres du Caveau.

LES CARACTÈRES.

L'AVARE.

AIR : *Elle a trahi ses serments et sa foi.*
(La Somnambule).

ou : *air nouveau d'Ed. Donvé.*

Je suis *avare*, et ne m'en défends pas,
Lorsqu'un tel vice en qualité se change ;
Voilà comment il m'offre des appas,
Au sein d'un monde où règne le mélange.
Ce monde en vain pense étouffer ma *voix*,
Je suis avare et je garde mes *droits*.

La *bienfaisance* a-t-elle à mon regard
Fait rayonner son généreux *symbole?*
Loin de vouloir me tenir à l'écart,
Au devant d'elle a volé mon obole ;
Mais que survienne un *prodigue* vaurien,
Je suis avare et je garde mon *bien*.

Dès que l'*étude*, au merveilleux pouvoir,
A sa retraite en riant me convie,
Pour m'abreuver aux sources du *savoir*,
J'y cours, tout près d'y consacrer ma vie.
Qu'un *importun* assiège mes *instants*,
Je suis avare et je garde mon *tems*.

D'un successeur du fameux *Corvisart*
J'aime à vanter la magique insistance,
Et je bénis les ressources d'un art
Qui tant de fois nous sauva l'existence ;
Que d'un *Purgon* je me trouve accosté,
Je suis avare et garde ma *santé*.

Que du *Bourgogne* un joyeux partisan
M'ait défié par une ample *rasade*,
Du Dieu Bacchus bien que peu courtisan,
Je bois, au risque alors d'une glissade.
Qu'un froid *censeur d'eau* me verse un *flacon*,
Je suis avare et garde mon *Mâcon*.

Près d'une Eglé dont l'angélique abord
De la vertu nous reflète l'image...
S'il me fallait lui prouver mon transport,
Je serais fier de *doubler* mon hommage.
Qu'une *Phryné* me lance un tendre *aveu*,
Je suis avare et je garde mon *feu*.

Qu'à son hymen un jeune et digne *ami*
Ait suscité ma poétique flamme,
Pour lui mon luth, qui n'est pas endormi,
Ose entonner un libre épithalame ;
Qu'à leurs banquets m'invitent des *méchants*,
Je suis avare et je garde mes *chants*.

De francs *lurons* qu'un aimable *refrain*
A leur cénacle ait provoqué ma lyre,
Électrisé par leur facile entrain,
Je m'associe à leur bruyant délire.
Qu'un *misanthrope* éclate à mon côté,
Je suis avare et garde ma *gaîté*.

Pour achever de vous peindre mon goût,
Dans *peu de bien* je trouve la *richesse ;*
En *bonne humeur*, en *amitié* surtout,
Mon cœur s'applique à montrer sa *largesse*.
Mais de *l'intrigue* entends-je les *suppots*,
Je suis avare et garde mon *repos*.

De mes vieux jours quand pâlira le soir,
Aux éléments si je dois ma poussière,
Mon *âme*, encor plus sereine d'espoir,
S'affranchira d'une argile grossière ;
Par elle enfin je veux dire au *tombeau* :
Je suis avare et garde mon *flambeau*.

ALBERT-MONTÉMONT,
Membre titulaire.

LE DESPOTE.

AIR de la valse *des Comédiens.*

Je suis despote et mes sujets fidèles
Sont tous joyeux d'obéir à ma voix ;
Dans mon Empire il n'est point de rebelles,
Leur seul désir est de suivre mes lois !

Les rois s'en vont, c'est le mot en usage,
Et les tyrans sont détruits à jamais ;
Pour conjurer cet orgueilleux présage
J'aurai toujours d'infaillibles secrets.

Le monde entier subit mon influence :
Sans imiter les Denys, les Tarquins,
Je fais changer, par ma toute puissance,
En courtisans de chauds républicains.

Maître absolu, mais aux mœurs libérales,
Il ne me faut ni gardes ni prisons.
Sans examen, mes faveurs sont égales,
Pour qui s'émeut à mes douces leçons...

J'ai pour appuis l'Amitié, la Constance,
Du dévouement je m'impute l'honneur ;
De mes Etats, j'ai banni la prudence,
Car je la tiens pour nuisible au bonheur !

C'est en tremblant que d'abord on m'écoute :
On ose un peu, puis on cherche à me fuir ;
Mais plus on s'est éloigné de ma route,
Plus ardemment on y veut revenir !

Je suis despote et mes sujets fidèles
Sont tous joyeux d'obéir à ma voix ;
Dans mon Empire, il n'est point de rebelles,
Leur seul désir est de suivre mes lois.

Au fond des bois, à l'ombre du mystère,
Tous mes sujets aiment à s'égarer,
Et c'est du haut d'un trône de fougère
Que de désirs j'aime à les enivrer !

De l'innocence excitant les alarmes,
Je suis heureux de sa timidité ;
Mais, devant moi, j'aime à voir, dans les larmes,
S'humilier l'orgueilleuse beauté !

Point de déserts que je ne fertilise,
Point de climats qui ne me soient acquis,
Point de tableaux que je n'idéalise,
Mes jours sont beaux, et plus belles mes nuits

L'hiver, je rends les esprits moins moroses ;
Par moi l'automne est un nouveau printemps,
Mais c'est surtout dans la saison des roses
Qu'à me fêter passent tous les instants !

L'oiseau revêt un plus riche plumage
L'air retentit de ravissants concerts,
Le bal s'anime à l'ombre du feuillage
Et mon pouvoir rajeunit l'univers.

Je suis despote et mes sujets fidèles
Sont tous joyeux d'obéir à ma voix,
Dans mon Empire, il n'est point de rebelles,
Leur seul désir est de suivre mes lois.

Quand je le veux, à mes ordres dociles,
Je fais fleurir le commerce et les arts,
L'homme des champs ou l'habitant des villes
Devient artiste aux feux de mes regards !

J'ouvre la lice à toute poésie
Sans mon secours son flambeau s'éteindrait :
Folle chanson ou touchante élégie
Ont, grâce à moi, toujours nouvel attrait !

Tyran aimable et redoutant la guerre,
Avec ardeur, quand je lance mes traits,
Loin de chercher à dépeupler la terre
Je vois toujours s'augmenter mes sujets !

Ma politique, habile en courtoisie,
En tout pays s'ouvre un facile accès.
Et quand je fais de la diplomatie
Je suis d'avance assuré du succès !

Je raffermis les trônes qui chancellent
Ou fais crouler ceux qu'on croyait vainqueurs,
Mes soins ardents sur bien des fronts appellent
Couronnes d'or ou couronnes de fleurs!

Je suis despote et mes sujets fidèles
Sont tous joyeux d'obéir à ma voix :
Dans mon Empire, il n'est point de rébelles,
Leur seul désir est de suivre mes lois!

Je fais du monde un séjour de délices.
Perles, bijoux, fleurs ou riches tissus,
Tout vient s'offrir à mes moindres caprices
De la Tamise aux rives de l'Indus!

Mon code est simple et ses allégories
Jettent dans l'âme un prestige enchanteur,
Livre charmant dont les pages chéries
Disent d'un mot la science du cœur.

L'ambition, l'orgueil ou l'avarice,
Tombent sans force atteints par mes décrets,
Et je ne mets la vieillesse au supplice
Qu'en lui causant d'ineffables regrets...

Non, je n'ai pas un pouvoir éphémère
Et contre moi l'on se révolte en vain :
En me jouant je règne sur la terre
Par le plaisir et par le droit divin.

Ah ! direz-vous : où donc est ton royaume ?
— Il est partout, partout je tiens ma cour ;
Au fond des cœurs, aux palais, sous le chaume :
—Mais, qu'es-tu donc !— Enfants, je suis l'Amour !

Je suis despote et mes sujets fidèles
Sont tous joyeux d'obéir à ma voix ;
Dans mon Empire il n'est point de rebelles,
Leur seul désir est de suivre mes lois !

AUGUSTE GIRAUD,
Membre titulaire.

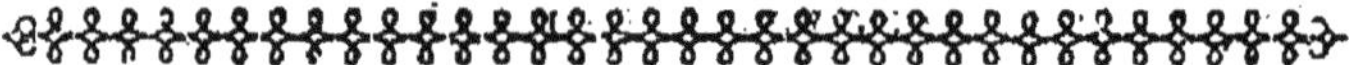

LE DORMEUR

AIR : *Lisette a des appas.*
ou *Eh ! zon, zon, zon, Lisette, ma Lisette.*
(c. du Cav. 169.)

D'un mari vrai hibou,
Pourquoi suis-je la femme ?
Il dort comme un matou,
Mais est moins polygame.

Eh ! ron, ron, ron,
S'il en avait la flamme !...
Eh ! ron, ron, ron,
Ronfle donc,
Vieux bourdon.

Bien qu'il dorme le jour,
Les deux mains sur son ventre,
Le soir, heure d'amour,
Du lit prenant le centre,
Eh ! ron, ron, ron,
Il s'endort dès qu'il entre,
Eh ! ron, ron, ron,
Ronfle donc,
Vieux bourdon.

Le bien vient en dormant,
Dit l'un des vieux proverbes :
Mon mari, dans son champ,
Voit pousser bien des gerbes,
Eh ! ron, ron, ron,
J'ai huit enfants superbes!
Eh ! ron, ron, ron,
Ronfle donc,
Vieux bourdon.

Il ne me fait souffrir
Ses coups... ni ses injures

Mais n'avoir qu'à jouir...
D'une paix des plus pures,
Eh ! ron, ron, ron,
Mieux vaut en voir de dures !
Eh ! ron, ron, ron,
Ronfle donc,
Vieux bourdon.

Sous les draps, près de lui,
Tristement je me plonge,
Qu'a-t-il donc aujourd'hui ?
Il remue, il s'allonge
Eh ! ron, ron, ron,
Allons ! ce n'est qu'un songe...
Eh ! ron, ron, ron,
Ronfle donc,
Vieux bourdon.

Mais un rêve pareil
Est d'un très bon augure :
Excitons... le réveil,
Saisissons... l'aventure,
Eh ! ron, ron, ron,
(*tristement.*) Tout dort dans la nature,
Eh ! ron, ron, ron,
Ronfle donc,
Vieux bourdon.

On a frappé deux coups,
C'est Paul, douceurs étranges,
A toi, dormeur époux,
Le ciel du lit à franges !
Eh ! ron, ron, ron,
A moi celui des anges !
Eh ! ron, ron, ron,
Ronfle donc,
Vieux bourdon.

Dors, mon bon, dors heureux
Comme un roi dans son Louvre,
J'enfonce sur tes yeux
Le bonnet qui te couvre,
Eh ! ron, ron, ron,
Ferme l'œil, le mien s'ouvre,
Eh ! ron, ron, ron,
Ronfle donc,
Vieux bourdon.

J, Moinaux.
Membre titulaire.

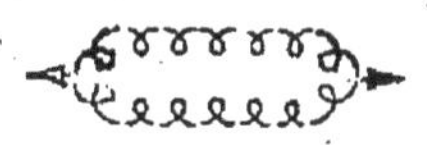

LE MÉCHANT.

Air de *Calpigi*.

Dans les mots que le sort partage,
Ici, j'ai le désavantage :
Méchant ! c'est un mauvais sujet ;
Pourtant, j'ai formé le projet
De le traiter du premier jet.
C'est une ancienne connaissance,
Le méchant fut en ma puissance ;
Mais, en dépit d'un gai penchant,
Comment rire avec le méchant? (*bis.*)

Le méchant homme, c'est Bazile,
C'est Néron, c'est Fouquier-Tinville,
C'est un Tartuffe au cœur ingrat,
C'est Carrier, l'affreux scélérat,
C'est Robespierre, c'est Marat.
C'est le bandit suant le crime,
Qui, pour surprendre sa victime,
Rampe la nuit en se cachant ;
Comment rire avec le méchant? (*bis.*)

Mais si le méchant se fait craindre,
Moi, je pense qu'on doit le plaindre;
Le remords est sur son chemin,
Et jamais un cœur inhumain
Ne trouve un heureux lendemain.
L'honneur évite sa rencontre;
Au doigt la justice le montre,
Et l'on frissonne en l'approchant;
Comment rire avec le méchant? *(bis.)*

Moi, qu'aucun remords ne tourmente,
J'attends ma fin sans épouvante;
Mais un méchant, pour le punir,
A les douleurs du souvenir
Et l'inconnu de l'avenir.
S'il jouit du malheur des autres,
Il hait les jeux tels que les nôtres,
Et la gaîté d'un joyeux chant;
Comment rire avec le méchant? *(bis.)*

Ce détestable personnage
Ne m'inspire qu'un froid langage,
Et rend mon esprit soucieux;
Ecartons cet être odieux,
Pour mieux rire à vos chants joyeux :

L'immortel Désaugiers lui-même,
S'il avait brodé sur ce thème,
N'aurait marché qu'en trébuchant ;
Comment rire avec le méchant? (*bis.*)

GISQUET,
Membre titulaire.

LE CANCANIER.

AIR : *Vive la lithographie.*

Grave ou plaisant sur la terre,
On ne saurait le nier,
Chacun a son caractère :
Le mien est d'êtr' cancanier,
Sur l' tiers et l' quart, sans pitié,
Ne blaguant pas à moitié,
Chaque jour, gais ou piquants,
Je fais cancans sur cancans :
Je dis qu'à la médisance
Le pâtissier prêt' le *flanc ;*
Que l'architect' qui commence
Finit... par tout mettre *en plan ;*

Que l' boulanger du carr' four
N' faisant pas aux trois *quarts four*,
Par la gêne trop étreint,
Sera bientôt dans *l' pétrin ;*
Qu'un *piston* et ma bouchère
Depuis longtemps sont liés,
Et que l' mari d' la commère
Vit un soir, c' *cor à ses pieds* ;
Que l' marchand d' bois, sans sujet,
Donn' des *pil's* à son objet,
Que sur sa vente à faux poids
Tout le mond' n'a qu'une *voix*;
J'ajoute mêm', sans mystère,
Qu'on devrait, en vérité,
Trouver dans c' commerce *au stère...*
Un peu plus d' moralité !
Je dis partout que l' fruitier
Fait trop d' *farces* dans l' quartier;
Qu'avec sa femm' l'épicier
Eut *un' piqu'*.. pour un lancier !
Qu' la cabar'tièr' qui fait rage
Par ses *tir' bouchons* coquets,
Est bien loin d'être *sauvage...*
Quoiqu' vivant dans les *forêts* ;
Qu' l' vitrier, plein de santé,
Perd ses verr's dans l'oisiv'té,
Et près d' sa femm', vrai zéro,
N'est qu'un *valet de carreau* !

J' répète avec assurance,
Que plus d'un gros cuisinier,
Afin d' connaître *l'aisance*
Fait danser cell' du panier ;
Que politique assommant,
L'horloger s' perd dans l' *mouv'ment;*
Qu'un' brune, au torse cambré,
Rend l' marchand d' papier... *timbré ;*
Qu' la confiseus' sans s' fair' faute
De l' tromper pour un acteur
Tient souvent *la dragée haute*
A son riche protecteur ;
Que l' charcutier, rien moins qu' beau,
Chez lui n'est... qu'un *Jean Bonneau*,
Et qu' son moutard incompris
N' brill' pas dans la *salle au prix !*
Qu' malgré ses mines hautaines,
Certains hommes élégants
Vont sans prendre des *mitaines*
Chez Lis', la marchand' de gants;
Qu' Laure, aux form's d'un goût si pur,
Fut victim' d'un *clerc obscur ;*
Et qu'avec *art Monique a*
Pincé l' fabricant d' moka.
Je dis que pour des lorettes
L' gros courtier s'est enfoncé,
Et qu' selon ces indiscrètes,
C' n'était qu'un *marron glacé*,

Que l' vieil acteur Rosambeau
Voit sa servant' *Rose en beau*,
Vu qu'elle entretient au mieux
Et son ménage... et *ses feux*.
Qu' la femm' de l'apothicaire
Ecrivit à son amant,
Après un moment d' colère;
Si j'eus des torts... *lave-m'en*!
Que ce pianiste attachant
Mais encor plus laid... qu' *touchant*,
Dans chaqu' concert entendu
N'est plus qu'un *laid répandu;*
Qu'aux g'noux de sa fill' modeste
L' traiteur trouvant l' beau Prosper,
Envoya, d'un' façon leste,
C' garçon d' *sall' paître hier*;
Qu'un' fill' qui fait un roman,
Trop esclav' près d' sa maman,
Avec Paul, comme un' éclair,
S'en fut... chercher un *libre air*;
Qu' mon voisin de certain bouge
Revient les sens tout aigris,
Et que, depuis qu'il est *rouge*...
Tous les soirs il rentre *gris*!
Qu'un' nymph' du corps des ballets
Vient d' piper un riche anglais,
Et que je sais à quel prix
Ce jeun' *rat* vend ses *souris:*

Que mon vieux propriétaire,
Ordinair'ment assez chien,
En bons *termes* avec Claire...
Lui fait la remis' du sien;
Sachant, qu' volage en amours,
Julie a cinq troubadours,
J'ai fait ce jeu d' mot affreux :
Encor *Julie* et *Saint Preux!*
J' dis qu'au théâtr', ma gil'tière,
Rêvant des succès complets,
A quitté, malgré sa mère,
Pour *Séveste... ses gilets;*
Qu'à cett' dam' de Franconi,
L' mossieu donne à l'infini;
Mais qu' l'écuyèr' n'est vraiment
Pas *sans tort* pour son amant!
Que maint faiseur dramatique,
Qui chez nous a foisonné,
Nous a par son *art scénique...*
D' mauvais dram's *empoisonné;*
Qu'à la salle Montansié,
Les calembourgs *m'ont tant scié,*
Que si j'y vais, c'est *grâce au*
Jeu d' Levassor et d' Grassot;
Qu'un' de nos bell's comédiennes,
Après l'avoir gourmandé,
A son amant fit *vingt scènes...*
Dans le bois de Saint-Mandé;

Que les lot'ri's des lingots
Désargentent nos magots,
Que l' tirag' des numéros
N'est qu'une autr' bataill' *des lots!*
Enfin, bien que ça me coûte,
J'arrêt' ma blague en émoi;
Car je finirais, sans doute,
Par fair' des cancans sur moi!

POINCLOUD,
Membre titulaire.

LE BAVARD.

AIR : *Je loge au quatrième étage.*

Chez nous, c'est une chose unique,
Comme une réputation
Devient l'objet de la critique,
Souvent sans rime ni raison.
Chacun de vous m'a vu sans cesse
Indulgent pour un babillard :
Croiriez-vous pourtant qu'on m'adresse
Le fâcheux surnom de *bavard?*

Parole d'honneur, moi, je pense
Que c'est une fatalité !
On me faisait, dès mon enfance,
Ce reproche peu mérité.
Combien de fois, pendant la classe,
Puni pour un autre moutard,
J'empoignais deux cents vers d'Horace...
Parce que l'autre était bavard.

J'aurais pu rechercher la gloire
De plaider à force au Palais;
En silence, dans le prétoire,
J'écoute... et j'écris des arrêts (1).
Or, si j'en crois (c'est assez drôle),
D'avocats un essaim braillard,
Je n'ai pas l'esprit de mon rôle...
Et c'est moi qui suis un bavard !

Auprès de la gentille Alice,
Dont l'entretien est ravissant,
Je trouve bien plus de justice;
Car elle répète souvent :
« Tu m'as dit en tout, mon cher Charles,
« Deux phrases en une heure et quart;
« C'est à peine si tu me parles;
« Je t'ai connu bien plus bavard ! »

(1) L'auteur est Greffier de Cour d'appel.

Certain discours à la hussarde,
Dans certain banquet bourguignon,
Avait fait monter la moutarde
Au nez du peuple de Dijon : (1)
Si certain ministre, un peu leste,
N'en eût ôté, quoiqu'un peu tard,
Certaine phrase peu modeste,
L'auteur passait pour un bavard.

Des parlements on incrimine
L'imbroglio sempiternel;
Mon Dieu ! c'est que leur origine
Remonte à la Tour de Babel.
Mais fermons bien le club des femmes,
Centre, hélas ! de plus d'un écart;
Notre parlement, sans ces dames,
Est déjà bien assez bavard.

Chez les maîtres de l'harmonie,
Point de parasite ornement;
Que de goût, de grâce infinie,
Dans l'auteur du Tableau Parlant !
Combien de tact et de réserve
Dans Haydn, et Méhul et Mozart !
Parfois, en sa fougueuse verve,
Beethowen semble un peu bavard.

(1) Discours d'un éminent personnage lors de l'inauguration du chemin de fer de Dijon.

Assez Causé (1)! ce mot est sage :
Il m'en souvient, chers compagnons,
J'en ai préconisé l'usage,
Tome douze de vos chansons.
Dans votre joyeux phalanstère,
Savoir écouter est un art ;
Aussi, vous le voyez, j'espère,
Je n'ai pas été trop bavard.

Appendice.

—

UNE SÉANCE ADMINISTRATIVE DU CAVEAU.

Même Air.

VAN CLEEMPUTTE, *président.*
Mes amis, j'ouvre la séance ;
Giraud, lis le procès-verbal.

GIRAUD, *lisant :*
Séance du...

BUGNOT, *entrant et fumant.*
Tiens ! on commence...

DUPLAN, *à Bugnot.*
Voyons, tais-toi donc, animal !

FOURNIER, *à Duplan.*
Duplan, tu manques d'atticisme.

(1) Voir la chanson sous ce titre, *Caveau*, tome XII, p. 177.

GIRAUD, *à Bugnot, en lui tendant la main.*

Aussi, pourquoi viens-tu si tard !

CABASSOL.

Silence, Chartrey !

CHARTREY, *montrant son poing formidable à Cabassol*

Quel cynisme !

PROTAT, *à Chartrey.*

Allons, Chartrey, sois moins bavard !

VAN CLEEMPUTTE.

Le procès-verbal est, je pense,
Adopté...

A. MONTÈMONT, *se donnant un coup de peigne.*

C'est très bien jugé !

LESUEUR, *secouant la cendre de son 4e cigare.*

Passons à la correspondance.

SALIN, *relevant sa moustache.*

Messieurs, je demande un congé.....

POINCLOUD, *dénichant un calembourg.*

Geai ! tiens ! ça chante...

PINET, *le dos au feu.*

Oh ! le grand Blaise !

GISQUET, *à part.*

Blaise, lui !

LAGARDE, *à Pinet.*

Dis donc, gros paillard !

MOINAUX. *avec son petit air calme et gouailleur.*

Soyons décents... pas de fichaise...

FOURNIER, *à Moinaux.*

Tais donc ton bec, sacré bavard !

VAN CLEEMPUTTE.

Salin nous est très nécessaire ;
Point de congé ; nous procédons...

CHARTREY, *interrompant.*

Passez-moi donc un peu de bière.

VAN CLEEMPUTTE, *continuant.*

Chut !... à l'examen des chansons...

(*On examine une chanson de Fournier ; ce membre se retire : pendant son absence, on parle politique ; Giraud rend compte de la séance des Représentants ; puis on fait rentrer le patient, et le président, avec un* tremolo *d'attendrissement dans la voix, lui tient à peu près ce langage* :)

« C'est un devoir désagréable
« Que je remplis à ton égard ;
« On n'a pas trouvé recevable
« Ton *mot donné* sur le Bavard. »

C. FOURNIER,
Membre titulaire.

LA CAROTTEUSE.

AIR du Vaudeville *de Fanchon*.

A Paris, une fille
Leste, adroite et gentille,
Ne reste pas
Dans l'embarras ;
Quand le sort me ballote,
Je répète sans m'effarer :
Encore une carotte,
Un' carotte à tirer.

Je n'ai dans ma chambrette
Qu'une simple couchette ;
Mais mon amant
Est très aimant :
De meubles qu'il me dote !...
Et je jure de l'adorer ;
Encore une carotte,
Un' carotte à tirer.

Pour rendre ma toilette
Et pimpante et complète,

J'ai, Dieu merci,
Peu de souci ;
D'une fraîche capote
Je veux au printemps me parer ;
Encore une carotte,
Un' carotte à tirer.

Les bals de nuit fleurissent,
Et bientôt m'étourdissent
Valses, Polkas,
Et Mazurkas.
Un souper ravigote,
Lorsqu'on est las de folâtrer ;
Encore une carotte,
Un' carotte à tirer.

Dès que mon terme arrive,
Je suis triste et pensive ;
Mais mon vautour
Me fait la cour.
Qu'à ma jupe il se frotte,
Je lui permettrai... d'espérer ;
Encore une carotte,
Un' carotte à tirer.

Qu'une sotte, en décembre,
Grelotte dans sa chambre !...
Mon marchand de bois
Est grivois,

Je ne suis pas manchotte,
Et saurai chez moi l'attirer ;
Encore une carotte,
Un' carotte à tirer.

Alors qu'on prend de l'âge,
Cessant d'être volage,
Il faut enfin
Faire une fin,
Je me ferai dévote,
Car dans le ciel je veux entrer...
Encore une carotte,
Un' carotte à tirer.

LESUEUR,
Membre titulaire.

LE GÉNÉREUX.

AIR : *Ton humeur est, Catherine.*

J' croyais bien vous fair' banqu'route,
Et n' pas apporter d' chanson ;
Mais j' viens d' la bâcler en route
Et j' vous la donn' sans façon.

Or, si je n' l'a fais pas bonne,
Si j' choisis un air trop vieux,
C'est... pour n'effacer personne !
V'là c'que c'est qu' d'êtr' généreux.

Pour la vendang', tout fait croire
Qu'on aura besoin d' tonneaux ;
On nous invite à bien boire,
Pour fair' plac' dans les caveaux.
Si plus d'un buveur se blouse
Par l'effet d' vins savoureux,
Moi, j' vas tâcher d' boir' pour douze :
V' là c' que c'est qu' d'êtr' généreux !

Un' grand' dam', pour qui j' soupire,
Voulant m' prouver son ardeur ;
M'a donné, dans son délire,
Son or, ses biens et son cœur.
Pour reconnaîtr' sa tendresse,
Sur c' qui m' reste de cheveux
J' prendrai d' quoi lui fair' un' tresse :
V'là c' que c'est qu' d'êtr' généreux !

L' mois dernier, j' perds un' gross' somme,
Qui faisait tout mon avoir ;
Mais quell' chanc' ! v'là qu'un brave homme
M' la rapporte dès l' mêm' soir.
D' sa probité méritoire,
Comm' je m' trouvais très heureux,

J'y ai donné quinze sous pour boire !...
V'là c' que c'est qu' d'êtr' généreux !

Sur cette plaisanterie,
Pourtant ne me jugez pas.
J'ai dans l' cœur un' voix qui m' crie
Qu' faut s'entr'aider ici-bas.
Pour un ami sans ressource,
J' saurais, prompt et chaleureux,
Offrir mon bras et ma bourse !
V'là c' que c'est qu' d'êtr' généreux.

A. BUGNOT,
Membre titulaire.

LE CAPRICIEUX

AIR de *Calpigi.*

En arrivant dans cette vie,
De bien boire j'avais l'envie,
Et dans un double gobelet,
En têtant un sein rondelet,
Je me mis à pomper du lait ;

Mais aujourd'hui la soif me gagne
Pour le bordeaux et le champagne :
C'est un caprice que j'aurai,
Que j'aurai tant que je vivrai !

Espiègle et rieur au collège,
Aux mouches je tendais un piège,
A mon professeur de quartier
Je mettais, pour nous égayer,
Une longue queue en papier ;
J'inventais cent et cent sornettes,
Je fis même des chansonnettes,
C'est un caprice, etc.

A vingt ans, cela se devine,
Voilà que l'amour me lutine !
Je courtisais maintes beautés,
Tantôt éprouvant leurs bontés,
Tantôt bravant leurs cruautés ;
En vain ma nuque est dégarnie,
D'être amoureux j'ai la manie :
C'est un caprice, etc.

Mais pour s'amuser dans ce monde,
Il faut que le *quibus* abonde ;
Je me mis donc à travailler,
Afin d'avoir, sans sourciller,

De quoi manger... et ripailler ;
Plutôt que de faire abstinence
Je mourrais d'excès de bombance :
C'est un caprice, etc.

J'ai toujours aimé la franchise,
J'ai toujours haï la sottise ;
Pour un pauvre homme estropié
J'ai toujours eu grande pitié.
Je suis sensible à l'amitié,
Avec de braves camarades,
Je boirais jusqu'à vingt rasades :
C'est un caprice, etc.

A l'égard de la politique
Je la désire pacifique ;
Oui, l'émeute me fait horreur
Et je la maudis de grand cœur :
Je veux le progrès... en douceur ;
Quoique je m'appelle Lagarde,
J'aime à ne pas monter la garde :
C'est un caprice, etc.

Enfin, ce que sur cette terre
A tous les plaisirs je préfère,
Ce sont les banquets du Caveau,
Où s'échappe de mon cerveau
Maint couplet plus ou moins nouveau.

Pour le caveau j'ai la faiblesse
De sentir beaucoup de tendresse :
C'est un caprice que j'aurai,
Que j'aurai tant que je vivrai.

J. LAGARDE,
membre titulaire.

L'AMOUREUX.

Air de *la petite bergère*.

L'*Amoureux!*... malgré l'ironie
Qu'envers moi le sort se permet,
Ne craignez pas que je renie
Ce que le règlement admet.
Chantons donc, mais, ne vous déplaise,
Grâce à ce mot malencontreux,
Ma chanson sera bien mauvaise...
Et pourtant... je suis amoureux !

Ni mon âge, ni ma carrure,
N'ont pu triompher sur ce point.

Je suis amoureux, je vous jure,
Malgré cet énorme embonpoint,
Une femelle provoquante
Veut bien encor me rendre heureux ;
Je vais peser deux cent-cinquante,
Et pourtant... je suis amoureux !

Celui que son amour domine,
Paraît sans cesse inquiété ;
Partout il fait piteuse mine :
C'est fort triste en société !
Foin d'un amant qui toujours pleure,
Et guerre à mort aux songes creux ;
On peut me voir rire à toute heure...
Et pourtant... je suis amoureux !

Près de mon adorable fée,
Je vois voltiger cent rivaux ;
Mais, sur ma paupière, Morphée
N'en verse pas moins ses pavots :
Loin de moi ce tic ridicule
D'être jaloux et langoureux ;
Avec moi la gaîté circule...
Et pourtant... je suis amoureux !

L'amour, dit-on, vit d'abstinence ;
Il agit autrement sur moi ;

Car vraiment plus je fais bombance,
Plus s'augmente mon doux émoi.
Tous les jours, je déjeûne et dîne,
J'estime les mets savoureux ;
J'adore la bonne cuisine,
Et pourtant... je suis amoureux!

L'amour, quand il s'est fait notre hôte,
Du moins on me l'a toujours dit,
Est un scélérat qui nous ôte
Gaîté, sommeil, soif, appétit :
Mais, grâce à ma nature étrange,
Toujours dispos et vigoureux,
Je ris, je dors, je bois, je mange...
Et pourtant... je suis amoureux !

Faut-il vous montrer la merveille,
Objet de mes divins transports ?
La voici !... c'est une bouteille
Qui me prodigue ses trésors.
Comme elle frémit et s'agite
A mes attouchements nombreux !
Il est vrai qu'elle est trop petite,
Et pourtant... j'en suis amoureux !

Paul VAN CLEEMPUTTE,
Membre titulaire et Président.

LE CYNIQUE.

Air des *Comédiens*, ou de *Giselle*.

Romans d'amour embellissent la vie,
Mais les meilleurs sont pour moi les plus courts,
Et j'aime ceux que mon âme ravie
Voit commencer et finir en huit jours.

D'une fillette, à mon bras enlacée,
Au bal lundi j'apercevais le sein,
La tête en feu j'osai, par la pensée,
Sur ce trésor, commettre un doux larcin.

Un grand hasard chez une vieille tante
Nous réunit tous deux le lendemain,
Nouveau serpent, de l'Eve qui me tente
Secrètement je sus presser la main.

Le mercredi, quand je lui fis entendre
De mon amour l'espérance et le vœu,
Dans un baiser sa bouche, alors plus tendre,
Du sien pour moi laissa tomber l'aveu!

Le jeudi soir, en peignant ma tendresse,
D'aimer sans fin je lui fis le serment,
Mais elle sut à ma vive caresse
Se dérober avant le dénouement.

Le jour suivant, je fus reçu chez elle,
Et cette fois, je m'y suis si bien pris,
Qu'elle n'avait plus rien de... demoiselle,
Lorsque l'aurore en ses bras m'a surpris.

A tout saisir, tout voir et tout comprendre,
Le samedi, Dieu ! qu'elle mit d'ardeur !
Comme elle apprit tout ce qu'on peut apprendre,
Quand le plaisir fait taire la pudeur !

Quelle que soit l'ardeur qui me transporte,
N'ayant plus rien à connaître, à toucher,
Dimanche enfin je la... flanque à la porte,
Seul dans mon lit ravi de me coucher !

Ce dénouement, qui peut sembler cynique,
Est à mes yeux d'un sage épicurien,
Pourquoi garder un lien tyrannique,
Quand désormais il n'est plus bon à rien !

Bouteille vide, et rose défleurie,
Ne charment plus ni les sens ni le cœur,
Courons chercher des fleurs dans la prairie,
Et les flacons d'où jaillit la liqueur !

Romans d'amour embellissent la vie,
Mais les meilleurs sont pour moi les plus courts,
Et j'aime ceux que mon âme ravie
Voit commencer et finir en huit jours !

Louis PROTAT,
Membre titulaire.

LE PHILANTHROPE.

AIR : *Et voilà comme tout s'arrange.*

Gloire à l'ami du genre humain
Qui, tel qu'une autre providence,
Répand d'une invisible main
Ses dons sur l'obscure indigence !
Il ne croit pas s'humilier
En visitant la simple échoppe,
Et, pour secourir l'ouvrier,
Sans rougir il monte au grenier :
Voilà, voilà le philanthrope.

Vous connaissez dans le hameau
Ce pasteur qui, plein de tendresse,
Dirige son petit troupeau
Dans le chemin de la sagesse.

Sa vie est leur exemple à tous.
Chaque jour il leur développe
Ces mots si consolants, si doux :
« Comme des frères aimez vous... »
Voilà, voilà le philanthrope.

Au nom de *Sœurs de Charité*,
Ces anges de la bienfaisance,
Le malheur et la pauvreté
S'inclinent de reconnaissance.
De l'humanité c'est la fleur.
Les roses, les héliotropes,
Malgré leur parfum enchanteur,
Ont moins de charme et de douceur.
Voilà, voilà les philanthropes.

Tandis que d'un triste fléau
Marseille subit le ravage,
A la retirer du tombeau
Belzunce noblement s'engage.
Quel beau spectacle de le voir
Braver la mort qui l'enveloppe !
Sa voix, ô sublime pouvoir !
Du ciel fait descendre l'espoir.
Voilà, voilà le philanthrope.

Accourez tous, pauvres enfants,
Qu'on laissait périr de misère;

Volez dans les bras triomphants
De l'homme qui fut votre père.
Victimes de mères sans cœur,
Vous maudissiez votre horoscope.
Mais, par lui rendus au bonheur,
Bénissez votre bienfaiteur.
Voilà, voilà le philanthrope.

De Cambrai voyez le prélat,
Toujours prompt à rendre service,
Infirmier du simple soldat,
Changer son palais en hospice.
Pour mieux prodiguer ses bienfaits
Le cèdre se fait humble hysope,
Et la vertu prend sous ses traits
Je ne sais quels charmes secrets.
Voilà, voilà le philanthrope.

Terre féconde en dévouements,
Magnanime pays de France,
Je vois partout des monuments
De ta généreuse assistance.
Par le destin persécuté,
Quel est le peuple de l'Europe
Qui, dans son malheur, n'ait compté
Sur ta constante humanité ?
Voilà le pays philanthrope.

CABARET-DUPATY,
Membre associé.

LE FAUX-BONHOMME.

AIR : *Amis, dépouillons nos pommiers.*

Le peintre pour faire un portrait
A besoin d'un modèle,
Ce n'est qu'ainsi que chaque trait
Peut être bien fidèle :
D'un original
Il faut, au total,
Me passer, puisqu'en somme,
A ce gai repas,
Je n'aperçois pas
L'ombre d'un faux bonhomme.

Amis, dépouillons nos pommiers,
Et frappons d'importance,
Car, de tous ces arbres fruitiers
Il faut tirer vengeance :
Un vil imposteur
Fit notre malheur
A propos d'une pomme,

Et ce sacripant,
C'était un serpent,
Un serpent... faux bonhomme.

Ne jamais penser ce qu'il dit,
Ni dire ce qu'il pense,
De ce monsieur, sans contredit,
C'est toute la science :
Avec son esprit,
Qui toujours surprit,
Et son tact qu'on renomme,
Diplomate fin,
Talleyrand, enfin,
Ne fut qu'un faux bonhomme.

Ce flatteur des plus obligeants
A pour règle ordinaire,
Qu'il ne faut jamais dire aux gens
Que ce qui peut leur plaire :
Faire à tous moments
Force compliments,
C'est bien, mais voilà comme
Par trop de bonté
Et de charité
On devient faux bonhomme.

Ce bambin, armé d'un carquois,
Qui vous poursuit sans cesse,

Jeunes filles, c'est un sournois,
Et de la pire espèce :
Pour toucher les cœurs,
De discours trompeurs
Il n'est pas économe,
Car, tout Dieu qu'il est,
L'enfant se permet
D'être un peu faux bonhomme.

On en sait plus d'un qui parvint,
Grâce à ce masque étrange,
A commencer par Sixte-Quint,
Qui fut rien moins qu'un ange :
Le rusé matois
N'eut pas autrefois
Été Pontife à Rome,
Si, pour être élu,
Il n'avait pas su
Faire le faux bonhomme.

A Paris, d'un air des plus secs,
Un muet personnage,
Battit les plus forts aux échecs,
Sans changer de visage :
A maint amateur,
Ce rude joûteur
Gagna plus d'une somme,

Le fait est constant,
Messieurs, et pourtant
C'était un faux bonhomme.

Armé d'un flacon de Bordeaux
Je saurai l'éconduire,
Quand le Temps, armé de sa faux
Viendra pour me détruire :
D'un air assuré,
Je lui répondrai :
Votre aspect seul m'assomme,
Je crains le trépas,
Et je ne veux pas
De votre faulx... bonhomme.

Sur cette esquisse, où je ne vois
Qu'une caricature,
Je ne sais pas trop si je dois
Mettre ma signature ;
Le public, si dur,
Dira, j'en suis sûr,
Pour peu que je me nomme,
Que Désaugiers fils,
Avec ses amis,
A fait le faux bonhomme.

E. Désaugiers,
Membre honoraire.

L'ORGUEILLEUX.

Air : *J'ai vu le Parnasse des dames.*

L'orgueil, il faut bien que je l' dise,
N'est pas mon péché, foi d'auteur !
Ah ! si c'était la gourmandise,
Je la chant'rais en amateur :
Mais comm' l'amour-propr' nous talonne,
Comme il nous rend présomptueux !
J' sais qu' ma chanson ne s'ra pas bonne,
Et j' n'en fais pas moins l'*orgueilleux.*

Homm', souviens-toi que tu n'es que poussière !
Nous répète un dogme divin,
Moi, d' l'appaiser j' cherch' la manière,
En l'arrosant avec le vin.
Homme, tu serais, à t'entendre,
L' roi des animaux sous les cieux,
Mais l' phénix renaît de sa cendre,
Toi, que d' viens-tu,... pauvre orgueilleux !

Si parfois d' l'humaine faiblesse,
Je blâm' les péchés capitaux,

C'est qu' l'orgueil est, je le confesse,
Celui de presque tous les sots :
L'homme d'esprit tout bas censure
Les beaux parleurs, les ennuyeux,
Il plaint les ânes de nature,
Mais il se rit de l'orgueilleux.

Voyez ce moderne Grégoire,
Pariant, le verre à la main,
Que, sans être ivre, il pourra boire
Du champagne jusqu'à demain ;
Eh bien ! ce buveur redoutable,
Portant haut ses défis nombreux,
Cinq flacons le mett'nt sous la table...
Quoi ! pour si peu fair' l'orgueilleux !

Glorieux, dans notre jeunesse,
Nous nous vantons qu'en fait d'amour,
Nous pouvons à chaque maîtresse,
En donner dix preuves par jour ;
Mais l'aut' matin, dans la banlieue,
J'ai vu, j'en suis encor honteux,
Que l' moineau franc nous f' sait la queue...
Ça donn' su' l'nez à l'orgueilleux.

L'auteur d'un petit vaudeville,
D'un mélodram', d'un opéra,
S'imagin' que dans chaque ville
Son nom vanté retentira :

uand l'auteur d' la Métromanie
Fut r'poussé par des envieux,
D'être d' la docte compagnie
Doit-on se montrer orgueilleux ?

L'homme dès l'aube d' sa naissance
De tant de secours a besoin !
Pour peindre sa frêle existence,
Faut-il aller chercher si loin ?
Fussions-nous beaux comme des anges,
Doués d' tous les dons fabuleux,
Dieu sait c' que nous f' sons dans nos langes!
Est-ce le cas d'être orgueilleux !

A. DECOURCHANT,
Membre honoraire.

L'ENVIEUX.

AIR du vaudeville de *l'Étude*.

Il est un mal tout volontaire,
Tourment sans fin et sans espoir,
Qui recherche en vain le mystère
Et ne se laisse que trop voir :

Pour en préserver notre vie,
Quoique le sujet soit bien vieux,
Amis, je cède à votre envie,
En vous dépeignant l'envieux.

L'Envieux n'est pas l'homme habile
Poursuivant richesses, plaisirs,
Et dont l'esprit vaste et mobile
Fait pardonner tous les désirs ;
A qui la nature asservie
A dit, prête à combler ses vœux :
De tous les biens ayez envie,
Mais ne soyez point envieux.

C'est l'homme au maintien triste et sombre,
Dont le sourire fait trembler,
Et dont la main frappe dans l'ombre,
Tous ceux qu'il ne peut égaler ;
Qui d'une haine inassouvie,
Répandant le fiel en tous lieux,
Même au sein des biens qu'on envie
Du monde entier est envieux.

Tout bruit de gloire l'importune ;
En guerre avec tous les talents,
C'est à lui seul que la fortune
Devait ses dons les plus brillants ;

Pour le savoir et le génie
Il n'estime que nos aïeux,
De renommée ayons envie,
Mais ne soyons point envieux.

Moins heureux de son bonheur même
Qu'affligé du bonheur d'autrui,
Ce qu'il n'a pas est ce qu'il aime,
Et ce qu'il a n'est rien pour lui;
Sa table est toujours mal servie,
S'il croit qu'un voisin dîne mieux;
Des meilleurs vins ayons envie,
Mais ne soyons point envieux.

Il néglige ce qu'il possède,
En vain sa femme a des appas,
Le fatal démon qui l'obsède,
Lui fait ailleurs porter ses pas.
S'il ne voit point qu'elle est jolie,
Pour lui sachons avoir des yeux;
De femme aimable ayons envie,
Mais ne soyons point envieux.

Quand un ami pauvre et sincère
Vante ce que nous possédons,
Avec lui partageons en frère
Sans qu'il rougisse de nos dons;

Son âme de nos soins ravie
Nous offre un bien plus précieux,
D'un tel bonheur ayons envie,
Mais ne soyons point envieux.

Mais l'envieux toujours en proie
Au mal dont il se sent ronger,
Ne sait qu'empoisonner la joie
Qu'avec lui l'on veut partager.
Il rend, par sa froide ironie,
Jusqu'au plaisir même odieux ;
De rire on ne sent plus l'envie,
Quand on est près d'un envieux.

Puisque l'aspect des jeux l'irrite,
Puisqu'il abhorre la gaîté,
Que l'ennemi de tout mérite,
De notre sein soit rejeté ;
Que nul de nous ne le convie,
Amis, à ce banquet joyeux,
Ou nous n'aurons jamais l'envie
De ressembler à l'envieux.

FLORIMOND LEVOL.
Membre associé.

LE FRONDEUR.

Air de *la contredanse légère.*

Moi, je fronde
Car tout va mal dans le monde,
Oui, je fronde
Par humeur,
Je suis frondeur.

Pour chasser le Mazarin
Frondaient la cour et la ville,
Gaîment la guerre civile
Aiguisait un trait malin ;
Toujours la France aime à rire
Des travers et des abus :
On ne peut donc pas prédire
Quand on ne frondera plus.
Moi, je fronde, etc.

Amour, hymen, jeune encor,
On croit à votre promesse !
Mais bientôt de la jeunesse
Disparaît le rêve d'or :

A l'époux un doux mirage
Offre le bonheur des cieux,
L'ami vient dans le ménage,
C'est à trois qu'on est heureux.
Moi, je fronde, etc.

Du mari, tous les neuf mois,
Lorsque la famille augmente,
Il cherche à grossir sa rente
Qui suffisait autrefois ;
De son banquier, vrai Macaire,
La fuite, hélas ! le surprend,
Il ne trouve à l'inventaire
Que des bons signés *Bertrand*.
Moi, je fronde, etc.

Où sont les amis nombreux
Qui le visitaient sans cesse ?
Cœur, esprit, savoir, tendresse,
C'est bien peu, l'argent plaît mieux ;
Il en faut pour être père,
Pour trépasser décemment,
Et pour boire de l'eau... claire,
Il faut avoir de l'argent.
Moi, je fronde, etc.

L'argent est pour le progrès
Un protecteur nécessaire ;

L'industrie, en Angleterre,
De cristal trouve un palais ;
Quand nous fêtons sa puissance,
Quel est chez nous son destin ?
Elle obtient un temple en France,
Mais ce temple est de bois peint,
Moi, je fronde, etc.

S'il est coûteux de bâtir,
Démolir est plus facile,
Aussi, partout dans la ville,
On s'occupe à démolir :
Poète aux flammes divines,
Qu'inspirent de vieux débris,
Pour rêver sur des ruines,
Tu ne quittes plus Paris !
Moi, je fronde, etc.

Un plus terrible malheur
Toujours m'échauffe la bile,
Je maudis l'engeance vile
Qui du vin corrompt l'honneur !
Cette pratique adultère
Trouble la société,
D'une liqueur mensongère
Ne sort plus la vérité.
Moi, je fronde, etc.

Près du fourbe est le niais,
Rêvant de Californie,
Dupe d'une Compagnie
Qui prend et ne rend jamais ;
Que le *Sacramento* donne
Beaucoup d'or à tous venants,
Moi, j'aime autant la Garonne,
Et ses récits étonnants,
Moi, je fronde, etc.

On m'a vu fronder toujours
Des charlatans les miracles,
Certains journaux, leurs oracles,
Et surtout certains discours ;
Je fronde tout artifice
Qui nous masque la raison,
Et, voulant bonne justice,
Je fronde aussi ma chanson.

Moi, je fronde,
Car tout va mal dans le monde,
Oui, je fronde,
Par humeur
Je suis frondeur.

THOREL SAINT-MARTIN,
Membre associé.

LE GOURMAND.

Air : *On dit que je suis sans malice.*

Armé de ma double mâchoire,
Je viens pour bien manger et boire.
Heureux, mes amis du Caveau,
De me mettre à votre niveau ;
Quand on sait bien remplir sa panse,
A faire mal point on ne pense ;
D'où je conclus que les gourmands
Seront toujours de bons enfants.

Fi de cet intrus maigre et blême,
Qui ne parle que de carême ;
Mieux vaut ce gros enluminé
Qui vous dit qu'il a bien dîné !
L'un est toujours sombre et morose,
L'autre voit tout couleur de rose ;
D'où je conclus que les gourmands
Seront toujours de bons enfants.

Dès que le premier mets s'avance,
Du gourmand la gaîté commence ;

Et son appétit excité,
Se traduit en fraternité ;
Sur l'indigent plein de tendresse,
Il s'apitoie avec ivresse ;
D'où je conclus que les gourmands
Seront toujours de bons enfants.

Mû par un désir charitable,
C'est pour sauver à son semblable
L'horreur d'une indigestion,
Qu'il guette chaque portion.
Il pousserait le sacrifice
Jusqu'à manger tout le service !
D'où je conclus que les gourmands
Seront toujours de bons enfants.

Il n'est pas d'une humeur colère ;
Mais s'il sort de son caractère
C'est contre un mets mal apprêté,
Ou contre du vin frelaté.
Dans l'emportement qui le gagne,
S'il frappe fort, c'est son champagne ;
D'où je conclus que les gourmands
Seront toujours de bons enfants.

Amant discret, ami fidèle,
Qu'un époux à dîner l'appelle

Pour célébrer, jour fortuné,
La naissance d'un nouveau né.
Il fête, en l'ardeur qui l'enflamme,
L'ami, le dîner et la femme...
D'où je conclus que les gourmands
Seront toujours de bons enfants !

Sa tête en ressources féconde,
Lui fait accepter tout le monde,
Dans tous les lieux, dans tous les cas,
Pourvu qu'il trouve un bon repas ;
Nul incident ne le dérange,
Il souperait avec Domange !
D'où je conclus que les gourmands
Seront toujours de bons enfants.

De Comus, soldat redoutable,
Il fait le siège de la table,
Et sur la brêche, en commençant,
On l'y retrouve en finissant.
Pour honorer celui qui traite,
Jamais il ne bat en retraite ;
D'où je conclus que les gourmands
Seront toujours de bons enfants.

Ici finit ma chansonnette,
Et franchement je le regrette,

Mais en chansons comme en amour,
Il faut que chacun ait son tour.
Vous allez m'applaudir quand même,
Car je vous fais l'honneur extrême,
De vous croire bien trop gourmands
Pour n'être pas de bons enfants !

TOIRAC,
Membre associé.

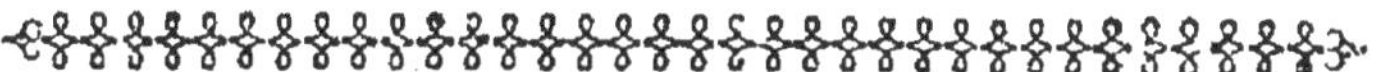

LE JOUEUR

ou

ON NE S'AMUSE PAS COMME ÇA.

AIR : *Les anguilles et les jeunes filles.*

Chansonniers exempts de reproches,
Fidèles à notre écusson,
Au lieu de cartes dans nos poches
Nous apportons une chanson ,
Et cette joyeuse partie
Avec le dîner commença ;
Soyez sûr qu'à l'Académie
On ne s'amuse pas comm' ça.

Des simples jeux de mon enfance
J'ai conservé le souvenir,
Des billes j'avais la science,
J'aimais voir la balle bondir ;
Hélas ! chacun de nous sait comme
Ce temps rapidement s'en va,
Et que lorsqu'on devient un homme,
On ne s'amuse pas comm' ça.

Dans l'espoir de remplir sa caisse,
Cet homme aujourd'hui délaissé,
Perdit sur la hausse et la baisse
Le bien qu'il avait amassé ;
A ce jeu, la dot de sa fille,
Fortune, honneur, tout y passa ;
Quand on est père de famille,
On ne s'amuse pas comm' ça.

Frappant et poussant dans l'espace
Un ballon durement gonflé,
L'ouvrier s'agite, se lasse,
Et se plaint de son bras enflé ;
Certes, jamais dans la semaine,
Même quand le travail pressa,
Il ne se donna tant de peine,
On ne s'amuse pas comm' ça.

Oh ! combien j'ai ri de Valère
Ce charmant joueur de Regnard,
Et que j'aime le caractère
D'Hector si plaisamment bavard ;
Mais voir l'assassinat, l'orgie,
Et ce que Ducange entassa
Dans trente ans de honteuse vie,
On ne s'amuse pas comm' ça.

Voici deux amateurs qui luttent
Sur un billard d'estaminet,
A chaque coup ils se disputent
Et se lancent maint quolibet ;
La queue alors se change en gaule,
Et, si l'on n'y met le holà,
Du billard passe sur l'épaule,
On ne s'amuse pas comm' ça.

Au whist manquait un quatrième,
A la table on me fait asseoir ;
Quels joueurs ! quel air triste et blême
Je souriais rien qu'à les voir ;
Soudain, la rougeur sur la joue,
Mon partenaire me tança :
Monsieur, me dit-il, quand on joue,
On ne s'amuse pas comm' ça.

De l'Europe, un grand capitaine
Se fit un immense échiquier ;
C'étaient des pions de chair humaine
Qu'il abattait sur le damier ;
Mais le sort à la fin contraire,
Echec et mat le renversa.
C'est un jeu cruel que la guerre,
On ne s'amuse pas comm' ça.

Dans le temps de trouble où nous sommes,
Quand du mal on se fait un jeu,
Comme aux enfants, j'ai dit aux hommes,
Ne jouez pas avec le feu ;
Au bruit de la mousqueterie,
Le sol naguères s'affaissa ;
Pour peu qu'on aime sa patrie,
On ne s'amuse pas comm' ça.

Malgré toute votre indulgence,
Joueur inexpérimenté,
J'étais bien convaincu d'avance
Que mon jeu serait peu goûté.
Ce sujet qui fit mon martyre,
A le chanter on me força,
Et si vous avez voulu rire,
On ne s'amuse pas comm' ça.

Hippolyte Marie,
Membre honoraire.

LE FACHEUX.

AIR : *Et voilà comme tout s'arrange.*

C'est un sujet très malheureux
Que le sort m'a donné pour texte :
Pour l'éviter il est fâcheux
De ne pas avoir un prétexte ;
Mais pourtant je puis m'en tirer,
Usant d'une muse étrangère,
Et, sans trop me désespérer,
Je vais à l'instant m'emparer
Des fâcheux qu'a traités Molière.

Que de fâcheux on voit partout,
Suivant cet auteur plein de verve!
Au premier rang je mets surtout
Ceux qui riment malgré Minerve ;
Car bien souvent un triste auteur,
Bien convaincu qu'il vous amuse,
Croyant vous faire une faveur,
Et vous traitant de sa hauteur
Vient vous assommer de sa muse.

Par toute sa meute entouré,
Voyez ce chasseur intrépide,

Qui, dans un langage ignoré
Vient vous jouer un tour perfide.
Sortant de courre un cerf dix cors,
Comme son gibier il vous traite.
En vous racontant ses discors,
Quand il vous appréhende au corps,
Il vous ferait perdre la tête.

Bientôt après c'est un joueur
Envers qui le sort fut contraire,
Il veut de son propre malheur,
Qu'avec lui l'on se désespère ;
D'un funeste coup de piquet
Il fait le récit peu sommaire,
Il développe son paquet
Et dans son prolixe caquet
Il vous transforme en adversaire.

C'est le roi des spéculateurs
Qui vous expose son système,
Et vous offre richesse, honneur,
Quand il n'a pas le sou lui-même,
Puis, il vous emprunte vingt francs,
Conclusion de sa harangue.
Voilà le meilleur de ses plans,
Et c'est à beaux deniers comptants,
Que vous faites taire sa langue.

Un autre, le cœur plein de fiel,
Vient vous raconter sa dispute,
Et comme second de son duel,
Vers l'adversaire il vous député.
Des fâcheux c'est le plus fâcheux,
Souvent,... la triste malencontre
Atteint par un coup malheureux,
Le second, payant pour les deux,
Perd la vie en cette rencontre.

CHARTREY,
Membre titulaire.

LE FLATTEUR.

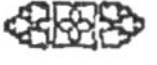

AIR : *Moi, je flane.*

Moi, je flatte !
Je ris de maint coup de patte.
Moi, je flatte !
Bravant grondeur
Et frondeur !

Un flatteur bien élevé,
Aux dépens d'autrui doit vivre ;

Dans son admirable livre,
La Fontaine l'a prouvé.
Cet épilogue me touche,
Et je tiens, avec raison,
Le renard pour fine *mouche*,
Le corbeau pour *un oison!*
Moi, je flatte! etc.

En vain, on discutera,
Toujours celui qui caresse
Notre goût... notre faiblesse,
Près de nous réussira;
Que sont, la réponse est claire,
Le succès vient l'attester,
L'Art d'aimer et *l'Art de plaire*,
Sinon *l'Art de bien flatter?*
Moi, je flatte! etc.

Dormeuil, qui dénigre tout,
Quand, partout, je flatte et brille,
Croit, dans certaine famille,
Ce soir, tenir le haut bout;
Dût sa morgue être blessée,
Dormeuil trouvera tantôt...
La marmite... renversée,
Moi... la fortune du pot!
Moi, je flatte! etc.

Clara chérit son matou,
Le bourre... de friandise,
De plus, elle semble éprise
D'un barbon... vrai sapajou !
Cependant, comment obtins-je
La tendresse de Clara ?...
En courtisant son vieux singe...
En flattant... son angora !
Moi, je flatte ! etc.

Du moderne hobereau,
En vantant les goûts champêtres,
En évoquant les ancêtres,
Je suis l'hôte du château ;
Et, nombrant avec adresse,
Pour chatouiller son orgueil,
Tous ses quartiers... de noblesse,
J'ai mon quartier... de chevreuil !
Moi, je flatte ! etc.

Pour captiver la faveur
Des puissants de ce bas-monde,
Plus d'un expose à la ronde
Sa fortune ou son honneur;
Pour capter la bienveillance
De tel ou tel demi-dieu,

J'expose... mon éloquence,
—Certes, je risque bien peu!
Moi, je flatte! etc.

Chez nos grands auteurs admis,
En retour de mes éloges,
Je dispose de leurs loges
Pour me faire des amis;
Et chez l'actrice admirée,
C'est la flatterie encor
Qui me vaut certaine entrée
Qu'un Crésus paie à prix d'or.
Moi, je flatte! etc.

Lorsque la France, d'un roi
Respectait le rang suprême,
Esclave de mon système,
J'obtins du prince un emploi;
Insinuant, vif et probe,
Tel je parus à ses yeux,
J'entrai dans sa garderobe...
Je le suivais... en tous lieux.
Moi, je flatte! etc.

Bref, sans gâter le métier,
Je flatte épicier, laitière,
Chapelier, tailleur, fruitière,
Boulanger, boucher, bottier;

Je veux, à l'heure suprême,
Pour loger loin des maudits,
Flatter saint Pierre lui-même...
Le suisse du Paradis!

Moi, je flatte!
Je ris de maint coup de patte..
Moi, je flatte!
Bravant grondeur
Et frondeur!

A. Salin,
Membre titulaire.

CHANSON DES OUVRIERS

DE LA FABRIQUE OU A EU LIEU LE BANQUET.

Air : *Maman, le mal que j'ai.*

Vivent les chansonniers!
Ce sont les sages
De tous les âges;
Chantons, gais ouvriers,
Bonheur et gloire à nos chansonniers!

Rajeunissant l'esprit français,
Dont la gaîté s'était flétrie,
Vous enchaînez par vos succès
Les grâces dans notre patrie.
Vivent, etc.

La chanson bannit le chagrin,
Qui poursuit l'homme sur la terre,
Et parfois un joyeux refrain
Lui fait oublier sa misère.
Vivent, etc.

La France peut s'enorgueillir
Des beaux lauriers qu'elle moissonne,
Et vos muses, pour l'embellir,
Ont mis des fleurs à sa couronne.
Vivent, etc.

Lorsqu'on exilait nos soldats,
Ces nobles débris de l'Empire,
Béranger chantait leurs combats,
Et Désaugiers les faisait rire.

Vivent les chansonniers !
Ce sont les sages
De tous les âges ;
Chantons, gais ouvriers,
Bonheur et gloire à nos chansonniers !

IMPROMPTU.

En réponse à l'offrande d'un bouquet faite au Caveau par les ouvriers de la fabrique d'huile du camarade chez lequel a eu lieu le banquet des Mots donnés.

Bons ouvriers, vous nous offrez des fleurs,
Nous acceptons ce fraternel hommage
De travailleurs à d'autres travailleurs,
Qui font surgir, de mutuels labeurs,
Un mutuel et semblable avantage ;
Quand, chaque jour, vous pressurez le grain
D'où sort à flots l'huile qui nous éclaire,
Nous pressurons, et pressurons sans fin
Notre pensée : il en sort un refrain,
Qui, bien souvent, est pour vous la lumière.
Ainsi que vous, nous sommes travailleurs,
Bons ouvriers, nous acceptons vos fleurs.

J. MOINAUX,
Membre titulaire.

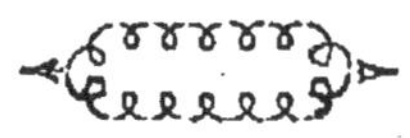

AUTRE IMPROMPTU.

AIR : *Tout ça passe.*

Lorsque chez l'ami Gisquet
Je viens en chemise blanche
Assister à ce banquet
Qui s'y donne le dimanche,
Le vin et les aliments,
Mon estomac les empile :
Ici, le champagne et l'huile,
Tout ça coule (*ter*) en même temps.

J. LAGARDE,
Membre titulaire.

TABLE DES MATIÈRES.

Typ. Appert fils et Vavasseur, pass. du Caire, 54.

www.ingramcontent.com/pod-product-compliance
Ingram Content Group UK Ltd.
Pitfield, Milton Keynes, MK11 3LW, UK
UKHW021218230726
13926UKWH00003B/1100

9 782014 078626